AF363881

Succession de M. le Baron H. de V***

ANCIENS

De l'École Française

OBJETS D'ART

Le Mercredi 18 Avril 1888, de 1 heure à 5 heures 1/2

EXPOSITION PUBLIQUE

*Le Jeudi 19 Avril 1888 (Jour de la Vente)
de 1 heure à 2 heures 1/2*

PARIS — 1888

Vve RENOU ᴇᴛ MAULDE

IMPRIMEURS DE LA COMPAGNIE DES COMMISSAIRES-PRISEURS

Rue de Rivoli, 144

CATALOGUE

DES

TABLEAUX

ANCIENS
De l'École Française

PAR

NATTIER (J. M.)

DUMONT (J.)   TROY (F. de)

OBJETS D'ART

Tabatière Louis XVI en or, Argenterie, Médailles

LIVRES

DÉPENDANT

De la Succession de M. le Baron H. de V***

ET DONT LA VENTE AURA LIEU

HOTEL DROUOT, SALLE N° 8
Le Jeudi 19 Avril 1888

A DEUX HEURES ET DEMIE PRÉCISES

COMMISSAIRE-PRISEUR :

Me **Paul FOURNIER**, boulevard de Sébastopol, 3

Successeur de Me GUÉLON-DUBREUIL

EXPERTS :

Pour les Tableaux et Objets d'art :	Pour les Livres :
M. Emile VAN HOESERLANDE	**M. Jules MARTIN**
rue Lafayette, 46	boulevard Haussmann, 17

CHEZ LESQUELS SE TROUVE LE PRÉSENT CATALOGUE

PARIS — 1888

CONDITIONS DE LA VENTE

———

Elle sera faite au comptant.

Les Acquéreurs paieront, en sus du prix des adjudications, CINQ CENTIMES PAR FRANC, applicables aux frais.

Les Expositions mettant le Public à même de se rendre compte de l'état des Objets, aucune réclamation ne sera admise une fois l'adjudication prononcée.

ORDRE DE LA VENTE

———

Livres — Médailles — Tableaux et Objets d'art.

DUMONT

(Jean ou Jacques)

dit le Romain

Né à Paris, en 1700; mort dans la même ville, en 1781

1 — Madame Mercier, nourrice du duc d'Anjou, qui, en 1715, devint le roi Louis XV, et sa Famille.

8 550

Assise, la main droite reposant sur une toile ovale représentant Louis XV; elle montre avec orgueil, à sa famille réunie, le portrait du roi de France, qu'elle a nourri.

Composition importante de douze personnages, signée Du Mont et datée 1731.

H. 2ᵐ23. L. 3ᵐ80.

NATTIER

(JEAN-MARC)

Né à Paris, en 1685; mort dans la même ville, en 1766

—☙☙—

2 — Portrait de Madame Héron de Villefosse et de sa Fille, qui devint Madame Chaumont de La Millière.

De face, les cheveux relevés, le bras droit posé sur une urne à moitié cachée sous des roseaux, elle place de la main gauche une parure de perles dans les cheveux de son enfant, dont la chemisette, ceinte d'un ruban, est retenue sur l'épaule par deux rangs de perles.

« *La Source* », composition allégorique, gracieuse et spirituelle du maître, signée et datée 1736.

H. 1ᵐ30. L. 0ᵐ98.

TROY (De)

(FRANÇOIS, fils de Nicolas)

Né à Toulouse, en 1645 ; mort à Paris, en 1730

3 — Groupe de trois Personnages représentant Louis XV enfant sur les genoux de sa nourrice et Louis, duc de Bretagne, son frère.

4410

Sur la toile, on lit l'inscription suivante :

Louis, duc d'Anjou, né en 1710 ;

Louis, duc de Bretagne, son frère,
qui mourut en 1712 ;

Madame Mercier, nourrice du
duc d'Anjou, lequel, en 1715,
devint le roi Louis XV.

H. 1^m3o. L. o^m97.

OBJETS D'ART — LIVRES

650

4 — *Jolie TABATIÈRE, de forme rectangulaire, en or ciselé; sur le couvercle sont les armes de la Ville de Paris :* Vaisseau surmonté de trois fleurs de lys enrichis de roses.

> Le souvenir des importants services, que M. le baron H. de V*** avait rendus à l'industrie minière des différents pays, lui valut l'honneur d'être choisi en 1815 pour intercéder auprès des Souverains étrangers, et d'obtenir d'eux des allègements à la contribution de guerre imposée à la Ville de Paris.
>
> Il reçut du Conseil municipal, comme témoignage de reconnaissance, une tabatière en or (celle désignée ci-dessus), ornée de diamants représentant les armes de Paris (18 février 1816).
>
> (Dictionnaire de Larousse).

316

5 — *SOUPIÈRE à anses avec couvercle en argent ciselé,* **Empire**.

Poids, 2 kil. 110 gr.

6 — *MÉDAILLIER* contenant environ *1,000* Médailles et Empreintes diverses se rattachant à tous les événements de l'Histoire de France, depuis Louis XII jusqu'à Charles X. — Quelques Médailles romaines en argent.

7 — Environ *1,000* Volumes anciens et modernes : Littérature et Histoire. — Livres armoriés.

Vve Renou et Maulde, imprimeurs de la Compagnie des Commissaires-Priseurs, rue de Rivoli, 144.   500—85141